목련이 피면

송인숙

송인숙

1952년 충북 청주출생
한국방송대학 행정학과졸
(前) 청주청원군보건소 근무
(前) 서울시공무원 근무
(前) 신림동고시촌에서 고시원 운영

송인숙 창작시집
목련이 피면

초판1쇄 인쇄 | 2022년 5월 30일
초판1쇄 발행 | 2022년 5월 30일
펴낸곳 | 도서출판 그림책
지은이 | 송인숙
디자인 | 이정순 / 정해경
주 소 | 경기도 수원시 영통구 이의동 웰빙타운로 70
전 화 | 070-4105-8439
E - mail | khbang21@naver.com
표지디자인 | 토마토

목련이 피면

시집을 내며

어린 시절 꿈을 잊을 수 없다. 굳이 뭐가 되고 싶은 것은 아니고 고요하고 아늑한 숲속에서 하얀 안개 피어오르듯 아련한 기억 속에 잠재돼 있는 아픔 같은 가슴을 파고드는 꿈이 있었다.

초등학교 삼학년 때 아버지를 여의었지만 농사를 지으면서도 집에서는 붓글씨 쓰시거나 시조 읊고 책을 보시던 삶은 평생 내 인생의 거울이 되어 한가한 여유의 짬이 되면 무언가 해야 하는 의무감이 있어서 조금이라도 노력하고자 하는 마음이 글을 쓰게 하여 지금 소중한 나의 책이 나오게 되었다.

항상 현재의 생활에 충실하고자 직장생활에 도움이 될까싶어 부족한 지식을 채우려고 방송통신대학에 입학하여 노력을 했지만 늘 욕망을 채울 수 없었던 배움의 욕구는 늘 현실을 탈피하려고 새로운 길을 모색하고 싶었다.

어머님 혼자 모든 걸 책임지셨기에 여러 형제 틈에서 자란 나는 정상적인 상급학교에 진학 할 수 없었던 상황이 큰 소망으로 남아 처녀시절 근무했던 좋은 직장도 만족하지 못했고 남편을 따라 서울에 보금자리 마련했을 때 공무원 월급으로 월세를 면하기 어려워 공무원 시험에 응시해서 서울시 공무원이 되어 방통대 행정학과에 등록하여 공부를 하였지만 가슴속에서 불타오르는 욕구를 충족치 못해 갈등하고 늘 탈출 하고 싶었던 시간들이 있었다.

지금 생각해보면 어리석었고 참을성 없었던 젊은 시절을 후회하기도 하지만 불만의 욕구는 나의 큰 자산이기도 했다. 공무원으로 근무하고 배운 피아노 공부는 쉬지 않고 했으며 쉰 살이 넘어서 바이올린을 배우기 시작했고 그리고 머릿속에 영감이 떠오르면 글을 썼다.

지난 일들을 떠올려보면 평탄한 길은 없었다. 큰딸이 어렸을 적에 병원을 제집 드나들 듯 다녔으며 세 번의 수술도 했지만 건강하게 잘 자라 결혼하여 아이도 낳고 행복한 가정을 이루고 잘 살고 있다고 나름 생각한다.

욕망이 조금씩 잊혀져 모든 걸 극복하며 평범한 생활을 할 수 있는 나이가 되어 현실에 만족하며 행복한 생활을 즐기려 할 때 나는 온몸이 내 의지 대로 움직이지 않는 파킨슨병에 걸렸다.

서울시 공무원으로 근무를 오래 못하고 아이들 셋을 키우기 위해 직장 그만두고 집에서 애들 키우고 공부도 더하긴 했지만 월세 면하고 우리 집에서 살고 있는 것 이외는 이룬 것이 아무 것도 없었다. 손주들이 여러 명 태어난 것은 큰 수확이지만 자랑할 만한 가치 있고 내세울 만한 건 없지만 주어진 환경에 적응하면서 평탄한 생활 하는 것에 감사하며 파킨슨환자로 8년 살아오면서 큰 어려움 없이 잘 적응하여 말을 안 하면 환자로 보이지 않는 지금의 상태에 감사하며 앞으로도 손주 녀석들 초대하여 맛있는 밥 한끼 해주고 싶은 기대감으로 살고 싶다.

모든 만물이 꿈틀대고 어디선가 봄의 기운이 솟아오르고 곧 사람들이 소원하는 살기 좋은 세상이 오리라고 확신하며 저의 글을 대하시는 모든 분들이 소원성취 하시길 바랍니다.

송인숙창작시집
목련이 피면

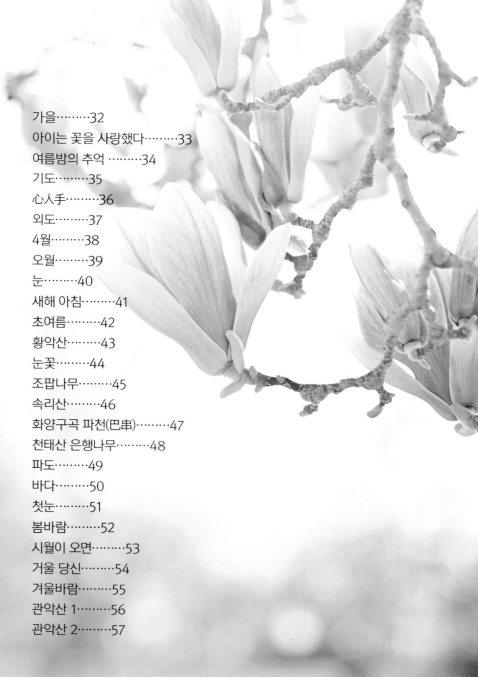

4부
어머니의 노래

올해도 새는 오지 않고
새로 돋아난 가지에서
내 사랑 목련화 피어
아름다운 사람들 꽃 속에서
다시 피어나네

1부
꽃을 노래하다

모란꽃

비단 옷자락 바람에 날리며
자주빛 모란꽃은
나비를 유혹하네

모란꽃이 필 때면
덕수궁 모란꽃들의 우아한 자태
바람에 실려와 옛날 얘기 들려준다

생전 처음 본 덕수궁에서
역사를 기억하며 감탄했던
함께 했던 그 사람 향기

모란은 비단옷 걸쳐 입고
나들이 나서는 여인네

아름다운 미모 자랑하고 싶어
추억 속으로 떠나간
사랑 찾아 나서는…

모란이 피는 날
봄은 익어가고
바람은 꽃을 불러내어
여행하자고
꼬옥 오므린 꽃잎을
흔들어 속삭이네

장미

한겨울 햇살 혼자서
마른 나뭇가지에 모아 놓더니
오월 녹음 무성한 메아리 들려올 때
얼굴에 화사한 분 바르고
소담하게 속내를 피워 내는 꽃

줄기에 가시가 돋쳐
목이 터지게 불러도
허리 꽁꽁 동여매고
못 들은 척하며
순결 혼자서 지키는 꽃잎

장미는
처녀 시절 그리움 다 불러 모으는
풋풋한 향기가 있다

시들어진 꽃잎이 바람에 날릴 때도
화려한 겉모습에 흠뻑 빠져 있던
사람들에게 정신 차리라며
참았던 말들을 털어놓고
망가진 모습으로 땅바닥에 뒹군다

떨어진 장미는
첫사랑의 아픔을 또 부추긴다
여자의 일생이 보인다

은은한 향기를 뿜어내는 장미처럼

감꽃

나무 잎새 묻혀
보이지 않는 감꽃

아침 안개 마시고 땅바닥에
소복이 내려 앉아
시간의 흐름을 알려주는
살갗빛 꽃잎

속이 훤히 뚫려
가슴 속 술술 품어내는
수다쟁이 꽃잎

감나무 밑에 앉아
감꽃 주워 실에 꿰어
목걸이하고 놀던
나는 어디에 있는지

꽃은 수 없이 말을 하지만
들어줄 이 없는 고즈넉한 이곳에
오후의 무료함 달래는
뻐꾸기 불러와
짝 찾는 사랑의 노래
맘껏 부르라 하네

박꽃

초가지붕 위로 밤새워 올라가
달빛 한입에 넣어 삼키던
하얀 박꽃이 피었다

포도나무 덩굴 손잡고서
포도나무가 기어오르는 가지 잡고
한걸음에 올라가
박꽃이 새벽이슬 마시려고
긴 목을 내밀고 있다

박꽃은 쓰다가 버려진 편지
꾸겨진 보드라운 종이 속에
쓰여 있는 지나간 아픔

보이기 싫어
잔뜩 오므렸다가
따스한 눈길 한번만 달라고
조르는 바람소리에 놀라
구겨진 입 곱게 빌려
아름다운 흰 속살 보이며
쏟아내는
나그네 목 축여줄 소박한 꿈

엉겅퀴

너 가시가 있어
못생긴 모습으로
모가지 길게 늘이고
님 기다리고 있지?

사랑하는 님 만나지 못해
빛깔 곱게 물들이고
억새풀 무성할 곳에 서서

향기를 내뿜는 꽃에
슬며시 갖다 댄 손
떨어지지 않는 그리움

엉겅퀴야
여름 산을 물들이는
저녁노을 빛 곱디고운
무지개 사랑은
가슴에 있는 거야

자두꽃이 모란꽃에게

하얀 자두 꽃이 작은 꽃잎으로
향기를 품으며 모란에게 속삭인다
내 사랑 모란에서 꽃을 피우라고
꽃잎은 움켜 매고
곁눈질하던 모란꽃이
햇살의 포옹에 잠이 깨면
모란의 자주빛 장미 향기가 스친다
자식 때문에 까맣게 탄 어미 속 닮아
검은 빨간빛
검게 타버린 속마음 감추려고
빛 모여 들게 하여
도도히 열고 있는 모란꽃이여
꽃잎에 지어 다시 필 때 까지
속아볼게요
모란꽃처럼 화사한 날이 올 거라고

씀바귀

이른 아침 안개 피어올라
간밤에 찬 울음 울던 소쩍새 여운
정원에 감돌고
씀바귀 꽃망울 진 줄기 꺾으면
입안에 씁쓰레한
싱그러운 냄새나네
먼지만한 씨앗 날아와
새싹 틔워 노란 들꽃이 피면
작은 소망 품고 살고 싶어라
손에 넘쳐나도록 꺾어
식탁 위 도자기에 꽂아 놓으면
어머니 생각
꽃물결에 그리움 아득하네
사위사랑 끔찍한 어머니
사위 씀바귀 좋아한다고
뒤꼍 장독대 뒤에 심어 놓고
기르시던 어머니,
어머니 돌아가신 후
노란 꿈 먹은 꽃 피는 씀배였지
어머니 떠난 후
씀배도 삭아 없어지며
고향집에 쓸쓸한 바람만 모이고…
살겠다고 실바람타고 날아와
비집고 터 잡으면
무너지지 않는
사랑 피워 내는 씀바귀 들꽃

제비꽃

아무데서나 잘 자라는
제비꽃
작은 꽃잎으로
추운 겨울 떨치고
한 송이 피고 지면 또 한 송이
더운 바람 불 때까지
피고 지는 제비꽃
소꿉시절
손가락 반지 되어
어른 흉내 내보고
보랏빛 향기 추억에
눈물 가득하고
그리운 시절 그 자리에
제비꽃이 피었네

진달래

앞산 뒷산 모두
붉게 물들여
마음대로 향연 엮어
나오라 하네
추운 겨울에 꽁꽁 얼었던
그리움 다 버리고
빈손으로
달려오라 하네
그리움 타 들어간 빛
너무 부셔
문둥이 얘기 꽃망울 져
꽃님, 꽃님
가까이 가서도 무서워
부르지 못하네

아카시아

맑고 청아한 빛깔만 먹은
아카시아 꽃향기
아카시아 꽃 만발한 언덕을
맑은 햇살이 드나들며 익은 꿈들을
움켜쥔다
머언 곳에서
있었을 인연 싣고 와
구름이 되어 서성이는 꽃향기

꽃 속에서
기적이 일어날 것만 같아
문을 살짝 열어 놓는다
향수를 뿌려놓는
아카시아 꽃잎

아카시아 꽃에
저녁놀 비추면
청순한 백자빛 사랑 영글어가는
달콤한 꿈이여

야릇한 향기
뿜어내 동굴 속
비밀스런 사랑 엮어가는 꽃이여

들국화

서릿발이 갈색으로 물든 풀잎 위에
하얗게 내리고
이른 아침 청솔가지 연기 같은
안개 속에서
떨고 있는 들국화

정상에서 흐르는 맑은 정기 머금어
모진 세월 참아온
샛노란 꽃잎 드리우고
한여름 긴 밤
짝을 찾던 소쩍새의 한을 품고서
늦가을 여운을 만끽하는 들국화가
짙은 향기를 풍긴다

낭떠러지 골 아래
흐르는 물을 벗 삼아
별빛과 사랑을 속삭이고
신선한 새벽이슬과
달콤한 저녁노을에 입맞춤하고
대지에 뿌리내린 노오란 들국화는
그리운 님의 모습으로
늦은 가을에 피어나고 있다

조팝나무꽃

달빛이 쏟아지는 마당
피어 있는 싸락눈 같은 꽃송이들

찬바람 맞으며 봄비 불러내느라
목이 길어진 가녀린 가지에 돋아
님을 기다리는 아낙의 한숨에도
떨리는 꽃잎이여

차가운 달빛 대추나무에 걸려
떨어질까 무서워
겁먹은 송아지 눈빛 닮은
조팝꽃 향기여

먼 곳에서 불어오는
님의 입김에도 사랑을 떨구는
조팝꽃송이 향기여

튤립

튤립은 빠알간 립스틱을 바르고
햇살님 맞이하기 위해
입은 벌리려 한다

잠자는 동안 입술 꼬옥 오므리고
찬 기운과 구름이 낀 아침에
천천히 문을 여는 튤립

따스한 햇살이 꽃잎 두드리면
황홀한 빨간색 아름다운 속살
보여주며 유혹하는 튤립

튤립은 저녁이면 문을 굳게 잠그고
어디선가 달려올
그 님을 만나기 위해
꿈을 꾸고 있다

할미꽃

풀도 제대로 자라지 못하는
척박한 모래땅
그늘진 자리 이끼 자란 무덤가에
할미꽃 세 뿌리 간신히 붙어있네

어린 시절 길옆에도 산에도 들에도
산소에도 할미꽃 피어
이른 봄을 축복해주던 꽃

흔한 꽃이라 아름답다 느끼지 못해
소중히 여기지 않았더니
땅도 병들어 산도 병들어
할미꽃 사라지고
보기 드문 꽃이 되었네

할미꽃 꺾어 할머니 냄새 맡아보고
이앓이 하던 아낙네
할미꽃 뿌리로 진통을 삭이던
할미꽃 전설

누구한테 들킬라
잘 자라
할미 얘기 들려주게나

꽃비

가로등 불빛에 벚꽃이 더욱 화려한
빛깔로,
수줍은 듯 애처롭게 보이는 것은
봄비가 있어서다
벚꽃 나무 밑에서 꽃비를 함께 맞고 있으면
애처롭고 원망스럽다
갑작스런 벚꽃의 만개가 불러들인 봄비엔
하늘 외의 시샘이 가득 담아 내려온다
봄비로 꽃비로
꽃잎이 떨어져 흩날리면
안타까워 손을 벌려본다
손에 닿는 건 봄비이다
함께 꽃놀이 하고픈 사람아
지금이 좋다
꽃잎이 떨어져 날아가면
흔적은 남겨져
멀리 떠난 사람아!
불러와 함께 꽃들이 할 수 없어
허공에 남아있는 그리움

구름처럼 피어나온
벚꽃 속에서 춤추리

2부
자연을 노래하다

자연은 시인

지난겨울 부드러운 대설에
오래된 아름드리 소나무 쓰러뜨린 삭막한 산에도
진달래 피어나고 어린 새싹 움을 틔우고
자연의 신성한 이치를 합주하는
꿩의 울음소리

시인이 아니라도
봄의 교향곡이 그려져 있는
산길을 거닐다 보면
어린 잎사귀
길에 누운 돌멩이 하나에도
시어로 가득 채워져
햇살이 비춰진 환한 세상이 된다

밟고 지나가는 모래알 하나라도
풀 한포기라도 사랑해야지

나비 사랑

나비는 꽃을 사랑했네
어머니의 성품 같은 삼베 치맛자락같이
깔깔한 토담집 채소밭에서
마당가 보랏빛
장아리 꽃에 앉아
속삭이고 보듬고
날마다 줄기에 새로 파어나는
장아리 꽃 위에 날아와 사랑을 하고
사랑을 쫓는 나비는
환상이 되어 공중을 치솟아 오르고 한 몸이 되어
꽃 위에 살짝 앉아
진한 입맞춤으로 사랑을 노래하던 나비
어느 날 장아리 꽃이 씨가 되어
더 사랑할 꽃이 없게 되자
나비는 텅 빈 마당을 날아다녔네
풀 먹인 무명 치맛자락 마당 위를
나비는 꽃을 사랑했네

유자

이웃집 할머니가 보내는
바구니에 담겨진 노란 유자
화장대 위에 놓고
유자의 진한 냄새가 풍길 때마다
유자의 고향을 그린다

바닷가에 있을 구릉진 마을
바닷바람이 파도소리 전해주고
햇살이 풍만하게 모래알 비추는
바닷가가 화장대 위에 있다

유자향이 가득한 방
이웃에 고향을 나누어 주는 유자
고향의 냄새가
화장대의 거울 속으로 몰려든다

은행잎

거울처럼
얼음 같은 맑은 빛이
샛노오란 은행잎 속에서 쏟아진다

비탈길 언덕에
혼자 서 있기도 버거운데
벽돌집과 집 사이에 심어서
간신히 하늘 향해 존재를 알려
햇볕을 받아오고 있다

아침나절 눈부신 가을하늘
은행잎을 재촉하여 물들이고
다른 곳으로 떠난다

햇빛이 비쳐 황금같이 눈부신
은행잎이 실바람에 흔들릴 때
숱한 금실과 구슬이 어우러져
고뇌의 탑을 쌓으면
고단한 사람들이 쳐다보고
감탄의 함성을 지른다

황금같이
노오란 은행잎을 보고

가을

가을은
슬픔의 계절

코스모스 화사하던 날
담 모퉁이에 웅크리고 앉아
지난 가을 되새기며
기도하는 웃음 같은 아이

아이는 가을하늘
송아지의 까아만 눈보다 맑은
수줍음의 기다림 같은
하늘을 거니는 아이

가을은 아이에게
꿈을 꾸게 한다

떠나간 사람 그리워…

어렸을 때 쓴 시 노트 잊어버리다
써 놓은 편지 속에 있던 시

아이는 꽃을 사랑했다

아이는 장미와 같이 붉은 볼
아이는 새파란 잎사귀처럼
푸른 하늘과 만나는 다리

아이는 기다리고 있었다
그리움에 꽃을 사랑하며
떠나간 사람의 약속을 생각하며
장미꽃이 종말의 아름다움을
깨뜨릴 때까지 기다렸다

아이는 나무 잎새처럼
정원을 지키는 기다림

시간은 꽃이 만드는 것

아이는 한 주먹 만한 눈으로
한 종일
정원을 바라보는 노인 같았다

- 1969년도

여름밤의 추억

은하수가
허공으로 쏟아지던 밤

풀벌레 소리 요란스럽게 들려오면
그 밤을 그냥 보내기 아쉬워
마당에 멍석을 깔았다

네모난 밥상을 시렁 위에서 내려
책상으로 하고
등잔불을 켜면 안마당은
숲의 궁전이 되었다

책을 펴고 모깃불을 지폈다
풀들이 타면서 나오는 냄새는
수천 년 전의 세계로 이어지는
연기 구름다리 놓아주고…

무더운 여름밤이 되면
어린 시절 풀벌레 소리 들려온다

시렁 : 1. 방이나 광 등의 벽과 벽 사이에 물건을 얹어 놓을 수 있도록 두 개의 긴 통나무를
가로질러 설치한 구조물. 요즘의 가옥에서는 보기 어려움.
2. 선반을 달리 이르는 말. 오늘날에는, 주로 노인들에 의해 제한적으로 쓰이는 말임.

기도

진실의 한토막이라도 얻고자
건전한 사람들이
낙엽같이 소복하게 대웅전에 모였다

풍경의 심중을 건드리고
세월에 돌아눕는 바람소리
빠알간 단풍잎이 뜨거운 태양아래
지쳐 힘든 숨을 토해내며
고운 색으로 승화된 휴식의 순간을
뜨락에 펼친다

도심에 있는 한가로운 사찰에서
간절한 염원의 불경소리

기도의 깊은 향내음
따뜻한 가을햇살 같은 불심이
세상에 얽혀 허덕이는 중생의
마음속에 오롯이 파고든다

나무 밑에서 먹이를 쪼아대는
참새도 그 마음을 알까

心人手

노인이 계단을 쓸고 있다
시간의 흔적과 꽃잎을
벚꽃 잎이 한 잎씩 떨어져
바람에 날리면 눈부시다

이런 곳에 집이 있었구나
보송보송한 흙 위로 떨어지는 꽃잎
노인이 쓸어 놓은 길에
또 흔적을 남긴다

꽃잎이 바람에 쫓겨
길 위에 누워 버린다
바람과 꽃잎과 정겨운 고요함만이
산사에 있다

나도 바람에 쫓기는 꽃잎처럼
세월에 맡기고 근심 없이 살고 싶다

외도

외도에 온 사람들은
이런 섬을 갖기를 원한다
바다 한가운데 서 있어
두려움도 답답함도 없다
탁-트인 시야로 반짝이는
금빛물결이 출렁이고
바람은 언제나 불어온다

동백나무는 사랑하다 지쳐
쓰러진, 피멍이 든
꽃잎을 통째로 떨어뜨리고
새소리는 여기가 낙원임을 알려준다

짧은 시간 외도를 한 바퀴 돌고 나면
이 섬이 누구 것이든 무슨 상관이랴
잠시 머물다 가면 그 동안 내 섬인 것을

천연적인 자원에 사람의 지혜와 손길이
닿아져 아름답게 꾸며 놓은 외도는
잠시 머물다 간 사람들의 것이다

다시 와보고 싶은 섬
전망대에서 커피 향을 맛보며
바다를 바라보고 싶은 섬,
외도

4월

긴 머릿결 같은 보드라운 바람
잔디 위에 널린
하얀 풀 먹인 옥양목(玉洋木) 같은 햇살
태몽 꿈처럼
영롱한 아름다운 꽃들이
만발한 4월

4월은 잃어버린 고향을 찾아
떠나는 계절

사월은 쪽빛으로 물든 새벽 창에
꿈이 몰려 오는 계절

오월

송홧가루 날리는 오월
4월 가뭄 보내고
풍성한 초여름 문턱에 서서
마지막 뿌려주는 봄비
복막화 타들어가던 앵두잎이
슬픈 기다림을 떨치고
뿌리가 깊지 못한 탓에
변덕스런 몸짓하고
송홧가루 날리는 오월
송화 타먹던 시절
학교 뒷산 소나무를 감고 있던
신비스런 구렁이
개구쟁이 남자애들 철없는 장난으로
승천하지 못하고
송홧가루 날리는 오월
태고의 신비를 간직하고 넋의 한이
올 듯 말 듯 흡족한 비를
뿌리지 못하는구나

- 복막화 腹膜化 : 복막의 분리되거나 벗겨진 부위를 수술을 통하여 복구하는 일

눈

하늘은 이가 시려 더 이상 참지 못하고
꼭 다 물었던 아픔을 쏟아낸다
작은 냇가에서
커다란 강둑에서
산과 들에서 삭혀 내리지 못한
아픔의 입김에서 몰려왔을
날개 달고 날아온 수증기 들이
모여서 이루어진 눈
하늘은 차갑고 무거운 겨울 모퉁이에서
먼지 같은 아픔을 털어낸다

살다가 한번은 가야하는 지점에서
하얀 눈으로 변하는 수증기처럼
아픔을 아름다운 사랑으로 피워내는
수많은 사람들처럼
눈이 내린 하얀 세상은
동화의 세상
갈 길이 막막하여 보이지 않던
환상의 둔덕에 꿈 보따리 내려놓고
맘껏 하고 싶은 일 하라고
하얀 눈은 내리네

새해 아침

까치가 까악 거리는 새해 아침에
햇빛이 따스하게 비치던 굴뚝 위에
작은 소꿉장 소반

새금팔이 그릇에 소박하게 차려 놓았던 밥상
비록 나뭇가지와 돌들로
차려져 있던 밥상이지만
색동 저고리 빨간 치마 입고
엄마 흉내내던 어린 그 시절

새해 아침 차례도 못 지내고 시집 온
고향이 아닌 타향에서 살아 온 반백년
기억은 흐릿하지만 생각나고 보고 싶은 가족들
더욱 생각 나는 것은
먼 곳으로 가신 볼 수 없는 부모님!
한번만이라도 만날 수 있다면…
떡국 끓이며 쉬이 지나가 버린 젊은 시절

돌아 보고 남은 여생에 할 일을 생각해본다
남편 더 많이 사랑하고
다른 가족 사랑하며 희생을 했다고 느껴져도
후회 하지 말고
나 자신 사랑하고
모든 걸 즐기며 살자

초여름

초여름에 내리 살던 작은 집에
어김없이 산새가 찾아왔다
아름답고 꿈속에서 듣는 듯한
새의 울음을
해마다 계속되었다

큰 나무가 아닌
적당히 자란 연두색의
무성한 나뭇잎은
항상 내 맘을 사로잡았다

그 새소리가 있어
초여름을 사랑 했었나보다
무슨 일이든 정열적으로 하고 싶었으니까

그리고
겨울이 오면
향기로운 녹음과
감미로운 새소리를 그리워하며
다음 계절을 기다렸다

황악산

검은 소잔등에 하얀 눈 걸쳐 입혀
부처님 입김으로 아우성치는
나뭇가지 잠재워
풍요로운 땅 황악산 열었네

들에 사무치는 봄기운 모아
황악산에 덮인 찬 겨울 밀어내고

부처님 앞에 소원 빌면
직지사 경내 맑은 물이 넘쳐흘러
생동하는 심장에
곧은 마음이 쏟아지네

눈꽃

겨울나무가 하얀 꽃송이 피워
천상의 여신이 내려와 다듬으면
온 세상 환하게 비치네

어젯밤 몰아치던 바람소리
잔잔히 재워
나뭇가지에 걸어 놓고
모든 만물 깨워
자연의 순리를 지켜보라 하네

이 세상 모든 것
어거지로 되는 것이 아니라는 듯이
참고 기다리며
자연의 순리처럼 사는 것이
우리들이 살아야 할 길

겨울나무에 하얗게 핀 눈꽃이
아름다운 것은
모질게 찬바람이 불어
잔인한 긴 밤의 시간이 있기 때문이라오

조팝나무

마당 귀퉁이에서
이슬 맞으며
나의 노래 들으며
자란 조팝나무

가지에 작은 꽃망울 맺혀
애기 입 같은 하얀 꽃이 피면
한 다발 꺾어
그대와 벗하리

안개 속에서 피워 날아갈 곳 없어
진해진 향기 맡으며
애타는 그리움 태우는구려

속리산

끈질긴 생명줄을 잡으려
텅 빈 마음으로
태어난 탄생의 울음

숨을 쉬고
오장육부 타오르는 애끓는 삼배를 하고 나니
찌들어진 생의 답답하고 어두운
소용돌이치는 마음의 용광로에
신선한 빛이 훈풍을 불러오게 한다

웅장한 속리산은
각기 다른 모습인 연한 잎사귀로
피어난 절묘한 인생의 대 서사시

숲을 이루는 작은 나뭇잎 하나 되어
두 손 벌려
가슴속의 찌꺼기 씻어내고
자연의 노래 들으며
산의 그림자 되어 서 있는 나

화양구곡 파천(巴串)

바위가 희어서
신선들이 자주 놀다 간다는 파천

널찍한 바위에 신발 벗고 앉아
수줍어하는 맨발을 물속에 담갔다
하늘도 끌어다 담그고 손도 담갔다
신선들도 발을 담그고 있는 듯
물살의 속삭임이 조용해졌다

건너편 바위 옆에 산에서 내려와
골짜기에 자리 잡았을 원추리
쳐다보고 웃고 있다
꽃잎은 바람에 속삭이고 있다
원추리의 날씬한 긴 허리는 고깔 뒤집어쓰고
승무 추는 여인 같다
낙엽 썩은 곳에서 갓버섯이
양산을 활짝 펴고 걸어오고 있다

파천은 신선한 공기주머니 속이다
상큼한 솔 냄새가
빙빙 도는 물거품 타고 내려간다

가슴을 멍들게 하는
내 아픔도 함께 떠내려간다

천태산 은행나무

찬란한 햇살과 따스한 바람은
늘 옛날 얘기를 들려주고
그래서 봄에는 커다란 바위에 기대 서있는 나무에도
파란 잎이 나고
가을에는 아름다운 빛깔로 물들어
맑은 햇빛에 더 환해지고 있다

천태산의 전설 같은 얘기가 아니어도
입구에 서 있는 천년 이상
이 자리에서 숱한 일을 겪었을 은행나무의 화려한 자태는
지나가는 이들의 발걸음을 묶어 둔다

나라에 어려운 일이 있을 때
황소울음 같은 슬픈 소리를 내었다는 은행나무

나도 두 손 모아
은행나무에 기도해 봤다
나라일은 아니더라도
내 아이를 더 사랑하게 해달라고…

파도

파도는 바닷물이 만들어내는
수없이 재잘거려도
말하고 싶은 게 남아있는 여인의 얼굴이다

파도를 보고 있으면
잊혀졌던 일들이
생각나고 그리워 보고 싶은
님의 얼굴이 떠오른다
파도소리를 듣고 있으면
설레이는 가슴으로 대중 앞에선
소녀처럼 얼굴 곱다

아득히 먼 지평선에서
밀려와 하얀 거품으로 가슴속의
하지 못한 말 한마디마저 쏟아내고
사라지는 파도를 보면
죽는 날까지 이 세상 다하는 날까지
너를 사랑하다가
거품처럼 사라지리라

바다

나는 바다에서 태어났는가 보다
바다는 어머니이다
엄마 품속처럼 바닷물 속에 안기면
그저 행복 할 뿐 생각나는 게 없다

아침이면 고요한 붉은 해를
가슴으로 안아 밀어내고
어두컴컴한 밤하늘에
슬픔이 가득한 보름달을 어서가라
재촉하며 이별하는 바다

바다는
고향 냄새를 가져다준다

수많은 생명이 꿈틀거리며
살아가고 있어도
눈에 보이는 건 평화로운 꿈과
사랑이 물결친다

늘 가슴속에서 이런 바다를
보고 싶다

첫눈

쌀쌀한 날
첫눈이 내리면
우울한 하늘에서 몰려오는 이야기들

해마다 또 꿈이 부풀어 오른
쏟아지는 눈을 바라보면
희망의 눈으로 반짝이며 내려앉는다

세상을 떠돌다 아름다운 사연
슬픈 이야기 모두 담아서
내려온 눈

햇살에 녹여주면
산뜻한 모습으로
날아가는 이야기들

봄바람

봄이 온 것 같은 날에
쌀쌀한 바람 온몸으로 파고든다

졸졸 흐르던 시냇물
버들가지 향기 가져와
온 세상 봄꽃 내음에 빠져
춤을 추고 싶은 그날

새봄 새로운 향기
새롭게 펼쳐질 아이들 세상 노래하고파
힘든 세상 허우적거리는 춤을 추고 있네

먼 끝자락에서 봄향에 피어나고
가슴을 아프게 하는 쌀쌀한 겨울바람
아름다운 향기 피울 날

시월이 오면

시월이 오면 막혔던 일들이 풀려
가을을 즐기는 행복이
가득할 거라고 믿었는데

시월엔 곱게 물들어가는 낙엽처럼
걱정하고 생각해야 할 일들이 많다

시월엔 다가올 겨울도 준비하고
지난여름 챙기지 못했던 일들도
꺼내어 살펴야 한다

시월에 찾아오는 세월의 쓸쓸함

조금씩 흩어지고 사라져가는
소중한 흔적의 시간들

간직해보려고 애쓰는 것은 바람일 뿐
시월이 오면 분주하게 흘러가는
시간들을 끈으로 묶고 싶다

거울 당신

앞에 선 당신
나는 거울이 되어 당신을 보네
한 걸음에 오십 고개 채우고
거울 앞에 선 당신
꽃다운 새신랑
단숨에 벗어버리고
세월의 무게로 옷을 입고
세월을 벗 삼아
인생살이 그늘진 자리에
꽃방석 깔아
쉬었다 가자하네
어느새 당신의 모습에 그려진
내 모습 보고 허탈한 웃음 지어보네

겨울바람

나뭇가지에 앉아
울어주던 바람

산은 고요한데
솔잎과 나뭇가지로
울며 울어
무서워 고개 돌린 바람

그리움 불러
먼 시간 속으로 들려오는
겨울바람

관악산 1

고추잠자리 하늘 가득히 날면
관악산 줄기의 푸름은
더욱 싱그럽다

도심의 끝자락에
희망을 버리고 아우성치는 꿈의 가장자리

생업에 찌든 어른은 삶의 현장에 가고
꿈을 지키는 아이들만 남아
관악산의 향기를 훔치며
아이들이 성숙한 만큼
관악산도 익어 간다

내 아이 어렸을 적
능선이 펼쳐진 겨울 언덕은 아름다웠다
아이들은 그곳에서
하루 종일 눈을 타며 놀았다

마른 숲 속에 하얀 눈으로 덮여
시골에 버려진 아름다운 풍경을 옮겨 놓고
청량한 새들의 노래가 흘러나오는 산이 있다

지금도 그 산에 오르면
아이들이 놀다 두고 간 외침이
메아리 쳐 들려온다

관악산 2

유월의 찬란한 태양이
관악산 숲 속을 파고들면
햇살과 나무그림자들이 화살처럼 스친다

깊은 산 속을 헤매 듯 거닐다
잠시 사색에 잠기면
거친 한숨에서 묻어나오는 입김

쌀쌀한 공기에 부딪혀
안개처럼 흩어질 때
바람에 흔들려 떨어지는
나뭇잎 위의 물방울들이
고요한 적막에 두려움을 떨군다

발걸음이 가벼운 것은
마음속 깊은 곳 욕망이 빠져나가는 듯
늘 산뜻한 아름다움이 가득한
관악산 산책로

마음속 깊은 곳
쓸모없는 욕심이
새어 나오는 듯
마음 아픈 한숨을 뱉어내는
관악산 산책로

관악산 3

나뭇가지의 열매
아이 셋 낳아 곁방살이 했다
아이들의 꿈을 담을 방 모자라
아이들의 사랑의 노래를
실을 공간 작아

관악산 자락 동네 꼭대기
새벽에 별이 머물고 간 자리에서
산새가 터를 잡아 천상의 낙원으로
인도하는 곳에
자리 잡았다

여름에는
이슬 머금은 산바람이
방 틈새로 쉬러 오는 산동네
비 온 후 청량한 하늘 채우던 고추잠자리

겨울에는
눈 쌓인 관악산 골짜기를 아이들의 놀이터로 삼아
뛰어 놀던 신림동
자연을 벗하기에는 이보다 나은 곳이 없어
아이들이 다 자랐어도 떠나지 못하는
정든 관악산자락

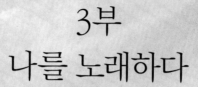

3부
나를 노래하다

목련이 피면

정원에 심어 놓은 목련 나무
가꾸지 않아도 잘 자라
지붕을 덮으려고 하얀 꽃망울 터트려
산새 불러 모아 꽃 잔치하네

목련 꽃봉오리처럼 생긴 작은 새
가지에 앉아 울음 울면
얼마 전 길에 쓰러져 저 세상으로 간
넋이 새가 되어 온 거라고…

오직 평생을 남편만 위하다 간 분의 아름다운 마음인양
맑게 울어주던 새
집안의 나무가 집보다 크면 안 좋다고
커다란 줄기 잘라 작아진 나무여

목련꽃이 필 때면 오던 새
길을 잃어 못 올까 못 찾는 것일까

지난 추운 겨울새가 되어 흘러 왔다고
노래하던 옆집 형님도 아름다운 세상으로 떠나가
아홉 살에 엄마 옷고름에 붙잡아 매 놓고
자기 옷고름 잠든 사이 자르고 떠나가 버린 엄마 미워
한 아픔을 노래하던 옆집 형님 그리워지네

올해도 새는 오지 않고
새로 돋아난 가지에서
내 사랑 목련화 피어
아름다운 사람들 꽃 속에서 다시 피어나네

시(詩)

아름답고 맑고 깨끗하게 살아가자는
염원의 진실한 삶이 시라는 걸 알았다
시는 마음속 깊이 내재돼 있는
영혼의 소리이다
영혼의 소리는 뭔가 부족 할 때
꿈틀거리는 욕망의 외침…
속삭이고 싶은 삶의 노래

가난이 부끄럽지 않은
아침에 지저귀는 산새처럼
걸친 옷 홀딱 벗고
삶을 아름답게 노래하는 것이 시이다

나는 이제 시를 쓸 수 없다
걸친 옷이 너무 많다

초파일

오늘 우리가
겸손하게 살아야 될 이유
고요한 새벽
어둠을 가르는 환한 등불

웬일일까
창문 열어 날개 펴니
초파일 연등

우리가 오늘
이웃을 사랑해야 될 이유
커다란 우주 속 작은 미물로
다가올 날들의 불행을 모르기 때문에
큰 자비의 가르침이 아니더라도
겸손하게 사는 것이
밝은 내일을 맞이하는 것

방황하고 싶은 날들

나는 병이 없다고 가슴속으로 소리쳐 본다
젊은 시절 참았던 일을 하고 싶어 꿈을 꾸어보지만
뻣뻣한 손가락 멍한 머리

어제는 병을 이길 거라구
병명이 잘못 나온 거라구

약을 먹지 않았다
아침에 일어나 거뜬한 몸으로 일상을 지나길 원했건만
얼굴은 붓고 머리는 먹먹하다

잘못된 것이라고 생각은 들지만
더 버텨볼까 하다가
약 두알 입안에 넣어 삼켰다

잔잔한 물결을 일으키고 있는 손가락들의 흔들림
파킨슨 환자라고
인정해야 하는 뜨거운 여름

방황하고 싶은 날들은
이루지 못한 꿈을 들춰내어 아쉬움만 남긴다

옥상

옥상 밭에
고추 몇 포기
호박 두 포기
가지 세 포기
상추 약간 심어
아침저녁 올라가
산에서 부는
바람도 가르고
밭에서 일어나는 이야기에
귀 기울여
큰 웃음 지어보네

늘 나보다 먼저 깨어
떠오르는 아침 해 보고
훗날 푸른 꿈을 달라고 속삭이는
어린 채소 뜰

작은 벌레와
진딧물 공격을 받아
시들어졌다 깨어나지만
모두가 살아있는 생명체라
약을 주지 못하네

마루

캄캄한 어둠이 몰려 있는
거실에 나와 불을 켜면
불빛이 반사돼
빛이 유리창 밖으로 흐르고
마루는 마알간 얼음 빙판이 되었다

빛이 미끄러져 가는 촉감은
무수한 별빛을 쏟아내고
잠 안 오는 밤 떠오르는 잡생각에
한줄기 빛으로 다가온
뻥~ 뚫린 생각의 통로로
여름휴가 때마다 아이들이
갖고 놀던 파도소리 끄집어 내온다

아이들이 한눈파는 순간에
자란 것 같아
세월을 고이 접어 쌓아둔
마루

반짝이는 마루는
객지에 있는 아이들 소식 전해주고
깔끔한 모시 적삼 속에 부드러운 숨결
가슴 속 헤집어 놓는
풀 먹여 손질한 모시치마 마루

무더운 여름 밤 시원한 바람 불어
싱그러운 젊은 꿈꾸는 마루

피아노

한 음만 건반 위로 튕겨져 나와도
나를 미치게 하는 피아노
살아가는 일상의 모습 고루 갖춘 삶의 허상
사랑을 해도 잡히지 않는 무모한 꿈

검은 피아노가
별이 총총한 하늘에 흘러 들어가 악보 그리면
음악은 별빛 속에서 그림을 그린다

한평생 물들이고 남은 한
가슴 속 소원 비는 피아노
피아노는 한 계절 푸른 꿈 접은 나비

봄소식 들려오면 잠에서 깨어난
들판이 되어 춤추는
피아노는 하늘로 올라가는 꿈을 포기한 이무기다

처녀시절 고운 꿈이 무너진 아픔 참아온
거울 비추면 나를 병들게 하고
사랑에 빠지게 한다

발이 닳도록 올라가던 인생의 고비마다
내동댕이쳐진 피아노

내려와 인생의 순조로운 길 가면
가슴속 헤집어 놓고
나의 갓난아기 같은 울음 우는 피아노

여름

햇볕이 내리 쬐는 무더운 7월
해가 산에 오르지 못하며
막고 서서 있는 구름
오후 내내 찐득한 땀 냄새

집 짓는다고 헌집 헐어 터 파고…
어린 시절 새집 지을 때
온 동네 사람 모여
횃불 거들고 축제의 장을 펼쳤던
'여이도 자 당게보자' 하고 노동요를 외치며
커다란 짱돌로 집터 다져주던
인심 어디가고
걸리는 것은 원성과 트집과 몸부림뿐

장마 끝났다고 시작한 공사
쏟아지는 빗줄기에 잠 못 이루고
간절히 빌어보는 기도

무사히 지나가게 하소서
비가 쏟아지기 전에 관악산에서
떡방아 찧는 듯한 울음으로
알려주던 이름 모를 새가
갈등이 있는 만큼
빛나는 집을 짓도록 도와주소서

탄생

탯줄 하나 달고 엄마 뱃속에서 탄생한 아가
두주먹 꼬옥 쥐고
눈 감은 채 버둥대고 있는 모습

반듯하게 눕혀
갓 태어난 아가 영상으로 보내와
애처로운 사랑스런 아가
포옹해주고 싶다
품안에 안아 따뜻한 체온
나눠 주고싶다

아가가 만들어 낼 세상
상상만해도 감격스럽고
황홀하다

당당한 모습으로 사나이의 기개를 펼쳐 갈
아가의 미래는
아가의 뽀오얀 살결 만큼
빛나리라

내 아들

아빠가 돈 벌러 간 사이 각별한 사랑으로 키운 내 아이
얼굴 쓰다듬고 젖꼭지 물고 잠들면
이세상 무엇과도 바꿀 수 없었던 보배였다

나비 좇아 잔디밭 뛰어 다닐 때
밤꽃 향기 날아와 사랑의 존재를 선명하게 색칠하고
사랑의 향기 온몸에 스며와 행복한 지붕 이어놓고 웃어주던 아이

시험보러 가는 날, 아들보다 더 조바심나서
무사히 돌아오기를 기다리다가
훌쩍 다자란 아들 군대 가던날, 눈 감고 기도하며 울었다
막걸리 한잔 마시고 군대 간 오빠 생각하며
우시던 어머니의 눈물을…

훈련받다 외박 나오던 날
아버지 드린다고 사온 선물이 뜨거운 눈물 나게 한다
내아들이라고 하늘에다 소리쳤는데
제일 먼저 마음 둔 아버지 선물
아들은 어른이 되면 아버지 따라간다고 하더니
엄마 품속에서 자랐어도 아버지 사랑 더욱 깊은 것을…

부부가 함께 살면서 굳이 선명한 색깔로 칠하지 않아도
둥지 위로 날아간 아들
마음 비우는 사랑 놀음에
뜨거운 심지가 되어 촛눈물 녹인다

그리움

님의 얼굴 그려지는
맑은 쪽빛 하늘에
영혼을 불태워 내 사랑 믿을 수 있다면
나날이 변해가는
앞산 연두색 어린 잎새에 봄비 오면
끓어오르는 욕망의 샘 삭혀
그리운 님의 사랑 그릴 수 있다면
바람타고 날아가 님의 창가에
작은 씨앗 되리
생각하다 지쳐 쓰러질지라도
심장에 남아있는
마지막 열정 태워
오월 녹음 걸린 하늘에
그리운 님의 숨결 그릴 수 있다면…
속삭여주는 바람결이 되어 창문 앞에서
님 창문 앞에서 닫힌 마음 열어놓고 노래 부르리

이야기

끈적거리는 꿈을 꾸다가
눈을 뜨면 아직도 깊은 밤이다
꿈인지 생시인지
가슴을 후벼파 놓는
꿈속의 느낌이 잊어버린 듯한
기억들을 깨우면
우린 도란도란 속삭인다

행복하고 즐거웠던 순간보다
하루를 살기 위해 슬픈 일들이…
속삭이는 혀의 입김이 좋아
준비도 되지 않은 사랑을 했고
익숙지 못한 설레임으로 가슴 태우다 만나고
사랑의 대가는 아름다운 꿈을
간직한 태몽 꿈으로 새 생명이 다가왔다

사랑하고 후회하지 않고
더 열심히 불편스런 마음을
다독이며 살아야 했던 날들

행복은 꿈이 아니고
늘 배고픔을 대신해주는
밥상처럼 사소한 일상의 것들에서
느끼는 마음 씀이라

사는 게 뭐냐고

세상이 아름다워서
찬바람이 불어오는 가을이 되면
싱싱하던 녹색의 나뭇잎들은
저절로 물감을 입히고
어딘가로 날아갈 준비한다

수줍어 쳐다보기 어려운 강한 햇살과
구름이 수를 놓고 잇는 아름다운 하늘은
물들어가는 나뭇잎과 어우러져
바쁘게 살아가는 사람들을
사랑하게 하고 꿈을 꾸게 한다

사는 게 뭐냐고 묻지 않아도
살아 있다는 것만으로도 아름다움을 만들어가고 있다

별난 꿈이 아니어도
특별한 삶이 아니어도
자연 속에서 여러 가지 빛깔로 물들어
아름다워지는 단풍처럼

위대한 자연 앞에서 부끄러워
고개 숙이는 우리는
어디로 가야할 줄 모르는 아름다운 낙엽처럼
찬바람이 불면 떠나가리라

이유는 묻지 않고
사는 게 뭐냐고 옆에 있는
동반자한테 손을 내밀어본다

우리 집

아이들의 웃음소리 떠드는 소리가
하루 종일 들리는 집

창 밖 학교 운동장에
노오란 개나리 피어나면
콧속에서 아이들이 어우러져
환희의 동굴을 만든다

하루 종일 바라보다 지치면
고향의 진달래 꽃 속에 파묻혀
꽃을 따며 놀았다

푸른 녹음이 하늘까지 덮던 여름날엔
아이들의 힘찬 노랫소리가
푸름과 함께 하며 이가 시리다

가을에
하나둘 단풍이 물들 때

친구

둘이 하나 되어 이 세상을 지키자고
맹세했던 친구여
같은 길을 의지하며
고통스런 짐을 나누어지자고
약속했던 친구여

코흘리개 동창 친구와 연애하며
말 많던 시절 남의 입에 오르내려
결혼하고 단칸방에서
가난을 새끼줄에 엮어가며
쓰디쓴 밥을 씹으며
달콤한 사랑을 온 몸으로
감격하며 우리 행복 했었지

다시 태어나면 구름이고 싶다면
소원처럼
여러 모양으로 이루어져 사라진 구름처럼
또 다시 만들어진 구름처럼

친구가 옆에 있어 우리에게
늘 새롭고 환희에 찬 일들이
기다리고 있다네

기도

시월의 마지막 날
가을의 노래가 칙칙한 도시를
단풍으로 물들였을 때
진통을 겪으며 아이를 낳았습니다
딸아이라고 분만의 고통보다
더 아픈 설움으로 울었습니다

여자로 태어난 어린 시절
경제사정으로 어머니의 차별이
나도 아들 낳기만 바랐습니다

그렇지만
우리 아이 소녀가 되어
날카로운 시선으로 세상을 알게 될 때
우리 아이는 여자아이임을 알지 못하게 하소서

꿈도 펼치고 하고 싶은 일을
가벼운 마음으로 하게 하소서
그리고
밤길에 만나는 사람들을
두려워하지 않게 하며 살게 해주소서

당신

당신의 숨결이 잠든
그곳에서 머물고 싶어
가을 하늘 다 맑은 햇살을 사랑했습니다

머리 위로 잔잔한 당신의 미소가
쏟아져 나오며
가을 벌판은 금새 바다가 되어
화려한 열매의 파도로 일렁거렸습니다

당신의 달콤한 냄새가 깃든
그곳에서 머물고 싶어 가을의 뜰을 바라보며
당신의 모습이 그려져 있는
고향에서 마주치는 분들의
비슷하게 닮아가는
주름진 얼굴에서
빛바랜 추억을 찾습니다

영원한 사랑하고 의지하고 싶습니다
당신이 주고간 사랑은
잊지 않으며 풋풋한 주름진
당신의 모습을 닮아가고 있습니다

고향

저 먼산에도 가까운 언덕에도
도심의 여울진 가장자리에도
봄이 솟아나고 있다

속삭이는 봄볕 받아
간지러운 미풍이 흐르고
아지랑이 손짓하는 땅 끝에 봄이 있다

북쪽으로 조금만 눈길 주면
그곳은 어저께 온 폭설
산과 들, 도시는 얼음성
그래도 고향이 기지개 켜는 아지랑이는 봄을 토해내고
일찍 고개 내민 버들가지 사랑이 세월을 쫓아
골짜기에서 흘러내린 물 위로 떠오르고 있다

고향엔 기다려주는 꽃향기가 있다
잊어버린 풋풋한 사랑을 잠재운
추억들이 있다

지난 날의 아픔

잊어 버리고 싶은 기억
다시 생각해 보고 싶지 않은 일
얼마나 많은 시간들이 지나야 잊어질까

꿈이 많아 가슴이 터질 듯 부풀어 오른 소망
헛바람 되어 세상 떠돌아다닐 때
지금 두눈 꼬옥 감고 있어도 어제 일 같은
아름답고 슬픈 추억

복사꽃 처럼 화사하게 피어 무지개빛 빛깔로 빛나던 청춘
곗돈으로 매달 모아 조그만 집을 사도 되는 돈으로
거대한 피아노 샀다

음악이 좋아 사고싶었고
피아노 소리는 영혼이 실린 소리였다
초가삼간 흙담집
찬 겨울 아침에 문고리 잡으면
얼음이 되어 늘어붙던 창호지 바른 방문 문지방 헐어내고
피아노 들여 놓을 수 있었다
세월이 흘러도 용서 받을 수 없는 포기 할 수 없었던 꿈!

지금 베토벤의 비창을 연주하게 해준 어머니의 묵언!
늘 잊지않으리라
문지방을 털어서 피아노 맞이했던 엄마
용서 받고 용서 받고 또
영원히 사랑하리라

케이프타운 절벽에서

돌담에 기대 험한 바람 속에서
간신히 바다를 바라보면
마음을 두드리는 그대 있어
가슴 속 아픈 마음 문이 열린다

아름다운 가파른 언덕, 어디론가 숨고 싶어도
요란하게 소리치는 파도소리 튀어나와
발자취에 무너진 울고 싶었던 순간들을 속삭여준다

세상을 떠나면서도 동생이 그리워하던
보고 싶어 했던 바다
한줌의 아픈 사랑으로 가슴에 밀려와
지난 시절 떠오르면 옛날에
참았던 눈물보다 더 아픈 눈물이 나온다

생명이 꺼져가는 동생 앞에서 그칠 줄 몰랐던 눈물 때문에
마음이 약해져 미련 없이 떠나간 아쉬움과
그리움의 그림자가 가슴을 파헤친다
사랑하는 동생의 노래, 송아지 같은 검은 눈망울 흘리며
겁을 잔뜩 머금은 미소로 떠나갈 준비하던 모습

무한정 바다와 대화하고 싶다
지난 날 후회하며 소중하게 간직했던 동생의 모습을
떠나보내 주리라

사랑했다고
영원히 기억하겠다고 노래하리라

그대, 詩

겁 없이 사랑하던 그대, 찾아 나섰다가
햇볕이 따사하던 봄날
꽃피고 새 우는 시절이 내 방에 가득 차던 날
그대 정복했다고 감격하여 오만의 미소 지으며
내 방식대로 주무르고 내게 맞게 다듬었다

너무 고분고분한 그대 두려워
그대 이야기에 귀 기울여 들어주고
그대의 모습 내 눈으로 끌어당겨보니
잡히지 않는 먼 곳에 서 있는 그대

그대 사랑하던 詩

내 가슴 속 펑펑 울려주던 그대는
내가 살아온 긴 아픔의 독백으로
내 주위를 맴돌던 것이 아님을 알았다

그대의 속 깊은 이야기에
점점 무서워지고 두려워지는
가슴 속 이야기들을 詩로 부르기에는
보잘 것 없는 어눌한 옷을 지어 입혀 놓고
그대 사랑하는 나!

눈감으면 먼 곳에서 아름다운 중년 여인 되어
서 있는 그대 바라보기도 부끄러워
그대 詩 쓰고 싶다고
허물 벗은 알몸으로 소리쳐본다

눈

눈 오는 날 눈물이 난다
눈이 되다
비가 되다
눈물이 됩니다

온 세상을 덮고도 모자라
천년을 이어온 전설에도
눈이 내린다

보이는 것은 하얀 눈
그 자락으로 모든 만물 감싸 안고
가슴으로 파고드는 모든 사연 감추고
눈 오는 날, 눈물이 난다

첫 눈 오는 날 만나자고 약속한
첫사랑 지키지 못해
아픈 가슴에 시리도록 하얀 기억들

오랜 세월이 흘러도 잊혀지지 않는
천년을 이어온 전설 같은
첫사랑에도 눈이 내린다

음악이 흐르면

날씨가 화창해서 꽃들이
한꺼번에 피어
세상이 아름다움으로 가득할 때
가슴 뭉클한 음악이 흐르면
그대 보고 싶습니다

그대 보고 싶어도 만날 수 없어
다시 만나는 날 나의 모든 것 주고 싶습니다

아름다운 음악이 흐르는 동안
괴로운 시간을 잊고 평화로운 꿈을 꿉니다

모든 괴로운 일을 잊고
새 길을 갈 수 있는 용기를 주는 음악은
위대하고 아름답습니다

조용하고 달콤한 음악이 흐르면
그대 끌어안고 울고 싶습니다

그대 여기까지 잘 왔다고

병상일기

마알간 유리에 막혀
건너갈 수 없는 저 보이는 세상은
평화롭고 생기가 넘쳐
어저께 들어온 병상에 분노가 쌓인다

팔십 평생 지루하고 고달픈 일도 많았건만
죽음을 앞에 둔 통증은
아직 삶을 마무리 짓지 못한
촌로(村老)의 가슴에 화만 쌓이게 한다

갈 날이 멀은 줄 알고
준비를 하지 않았는가

눈앞에 부모님이 아른거리는 걸 보니
일상의 편안함이 더욱 간절하다

홀로 가리라
눈 밑에 묻어 있는 세월 털어버리고
자는 듯이 가게 해달라고
빌어보리라

노년의 삶

늘 다니던 길이 싫어지고
이사 가고 싶다
안면이 있거나 늘 만나던 사람을
안 만나고 싶다
절룩거리는 모습을 아는 사람한테
보이고 싶지 않다
걸음은 느려지고 감각은 무뎌져
곧 넘어질 것 같다

조심 조심 내려오다가
나이 든 연배의 어른이 정정하게
걷는 모습 보면 부럽다

걸음 걷기가 어려울 때
뇌에도 이상이 있다
이러다 치매가 오면 어쩌지?

일을 하다보면 떨리는 손을 누가 볼까봐
감추고 긴장했다

일 마치고 집에 와서 휴식한 다음
바이올린을 좀 많이 했더니 좋아졌다
연주를 잘 못해도 하려고 노력하면
머리도 손도 좋아진다

이렇게 살아가는 것이
노년의 내 몫이다

4부
어머니의 노래

어머니의 노래 1

어머니의 노래가 하늘에서 춤을 춥니다

하얀 햇살을 노래의 깃에 달고
저승 가는 길에서 춤을 춥니다

양반의 허울에 노래를 부르면
화냥년이라고 화를 내고
살아 생전에 부르지 않으셨던 노래

어머니가 이 세상을 하직하고
온종일 노래를 들려주십니다

어머니의 노래는 심장을 파고들어 멍울집니다
가슴에 담긴 한을 엉킨 실타래 풀 듯
한 올, 한 올 풀어내는 어머니의 노래는
환한 햇살을 타고
아름다운 달빛을 타고
내 몸을 스치는 바람을 타고
하늘을 나는 날갯짓으로 계속됩니다

어머니 노래 2

아픔보다 더 아픈 건 사랑이었지

무수히 망설이며 되돌아서던 지난 날
점점이 밀려왔던 그리움들은
당신의 눈 속에 녹아내렸지

슬픔보다 더 슬픈 건 죽음이 있지
태양이 따갑게 눈짓하는 하늘 위에
지난 세월 모든 설움 펼쳐 그려져
가슴 가득히 밀려오는 그리움 잊어도
잡힐 듯 들려오는 당신의 목소리

이 세상을 하직하고
흔적을 지우고 있는
당신의 서글픈 울음소리

어머니 노래 3

어머니의 모든 소원 엮어 가슴에 달고
어머니 품 안에 안기고 싶습니다

아무 말씀 없이 가신 어머니
어렸을 적 철없이 아버지 상여 따라
무덤에 갔을 때 뜻도 없이 울었던 제가
지금은 눈물 없는 울음을 삼키고 있습니다

어머니 혼자 자식 키우시느라
여러 번 혼절 하셨던 어머니!

어머니 육신 한 점 한 점으로 자식 키우고
뼈가 부스러지는 고생에
가슴이 타들어갔던 아픔을 이제 알았습니다

우린 해드린 것이 아무것도 없는데
어머니는 가셨습니다

세월이 흘러 어머니 가신 날이 점점 멀어져도
어머니의 모습은 핏빛으로 물든 한으로
새겨지고 있습니다

어머니 이세상보다 아름답고 편한 곳으로
고이 가시옵소서

어머니 노래 4 - 물꼬

캄캄한 여름 밤에
요란한 천둥 번개가 장마비 몰고 와 달콤한 잠
창호지 문 두들길 때
어머니 불안해 물꼬 트러 삽을 들고 나섰다
작은 언덕을 지나야 나오는 논
찰랑찰랑 물이 차 오를 때
물꼬를 터주어야 논두렁이 무너지지 않는다

천둥 치고 번개 번쩍이면
무서운 짐승 처럼 달려와
어머니 넘어뜨리고 온 몸 때리던 소낙비!
무명치마 황토물 들이던…

해거름에 먹이 찾던 백로
날개 접으면
코구멍 까지 차 오른 물에
어머니 물꼬를 튼다

주저하지 않고 내일을 향해서
어머니보다 강하게 살아야 할 힘을 보여주신
어머니!

어머니 노래 5

이 세상 어머니란 이름으로
곁에 있을 때
안 해본 일이 없어
펴지지 않던 굽은 손
색시 시절 아리따운 자태로
눈망울 흘기던 모습
상상해보고

절절이 사무치던 어머니의 한이
흐르는 물처럼 흘러
덜 아픈 기억으로 시간 속에 들어와
목 타는 그리움 되는
보고 싶은 어머니
사랑하는 어머니

이 세상 굳세고 곧게 살라고
사랑도 주시지 않으셨던 어머니
이제서야
냉엄하고 강했던 가슴 속에
크고 넓은 사랑이 가득 했었음을
느끼게 하는 어머니

어머니 노래 6

어머니 향기 꽃 쟁반에 가득 담아
장독대 큰 장항아리에 숨겨놓고
나만 보고파
간장 물에 반사된 얼굴들 물결 하늘

어머니 그리우면 고향 집에 달려가
어머니 가슴 치게 했던 시절 떠올리며
장항아리 열고 소리쳐보고
용서를 빌어도 받아주지 않는 어머니

너만한 딸 한번 키워봐라 하시던
어머니 손길 하나 숨결 하나
동동거리며 집 안팎 가꾸시던 모습
그려보고파…

어머니는 끝내 흔적마저 불태워
모든 것 사라지게 했지
어머니 향기 가득한 꽃 쟁반에
나만한 딸 하나 낳아
어머니 되어 이것이 원죄구나 생각하네

어머니 노래 7

마흔 셋의 나이에 과부가 된 어머니

한 달 후에 유복녀 낳고서
세상에 태어난 기쁨! 고통으로 대신하고
눈물 흘리시던 지난 시절

아이 아홉 낳아 두 아이 다 키워 저승에 보내고
일곱 남매 두고서
저승에 간 아이, 가슴 아파하시던 어머니
어머니의 기억은 제게는 슬픔입니다

아버지 살리기 위해 어머니는 몸부림 치셨습니다
병원에서 병원으로 한약으로 약국으로
약초로 민간요법으로 집안은 아버지의 약냄새로 가득했습니다

님 사랑하는 노래는 고통의 서막이었고
울음의 산바람이었습니다

상여 메고 후렴하던 그분들의 발목잡고 몸부림치던 어머니
밤마다 우시고 잠자다가도 가위 눌리시어
울부짖던 어머니

울다가 지치면 혼절하여
어린 자식들 가슴 핏빛으로 물들이던 어머니

나는 아무 것도 모르고
햇살 가득한 웃음 짓고…

어머니 노래 8

달빛이 창틈으로 파고드는
한밤중에
어머니 키질하는 소리 들려
창문 열고 숨죽여 들어본다

달빛타고 들어오는 어머니
흰옷으로 소복하고
눈빛에 그리움 가득 안고
꿈결처럼 달아나는 어머니

가신 줄 알면서 손 끝 저려오는 아픔에
전화 다이얼을 돌려 보지만
어머니 음성 들리지 않고
아픔의 짐을 조금씩 더는
키질하는 소리만…

달빛은 재잘거리던 입 곱게 다물고
하얀 꽃잎 물들이는 새벽녘에
어머니 힘겨워 몸부림치던
기억 끝자락 잡고
눈물로 어머니 방을 적시네

어머니 노래 9

오래전 토담으로 쌓은
흙냄새 나는 집
바깥마당이 보이는 작은 창
비 오는 날 통곡하는 누런 황토물이
산의 살점 도려내
도랑물에 떨어뜨리면
도랑은 금세 황소의 울음이 되었다

캄캄한 밤에
보름달 비추면
수많은 책 속의 이야기 되어
은은한 달빛을 타고 흐르던 밤

숨 막혀 가만히 있지 못하고
여름 이슬에 봉우리 터트리던
빠알간 달리아의 뒷꼭지처럼
작은 가슴 풍성히 키워 놓던
적막한 고요

어머니의 힘겨운 아픔 다독여주던
나의 집, 작은 창
어머니 가신 후
텅 빈-
허물어져가는 돌담집 방

어머니 노래 10

문을 열면 돌산이 보인다
간밤의 소슬한 바람이
밤새 나뭇잎 물들였다
떠난다고 하면서 못 떠나는
가신님 그리움 배인 신림동
차곡차곡 쌓여진 집들 위로
느린 걸음으로 다가오는 희미한 산
반짝이는 불빛만큼
가슴 설레던 꿈들이 있어
영롱한 그리움들이 아픔이 되어간다

이제가면 다시는 못 올 거야
한숨처럼 들리던 말이
영원히 마지막 될 줄이야…

끈질긴 생명력으로
통한의 세월을 초가지붕 이엉 잇듯
엮어 놓은 님의 발자취
어머니의 그림자가
먼산 아래 외로이 걸려있다

어머니 노래 11

보리밭에 보리 움이 날마다 웃다가
봄바람에 물결치는 파도
호미를 든 어머니의 손은
꿈을 건져 올리는 예술가의 손
종합 예술을 이루는 어머니

풀을 한 움큼 뽑아내면
조각가의 손
보리밭에 쉬러 온 바람을
살짝 잡으면 색칠하는 화가의 손

호미로 땅을 일구면
엄마의 음악은 보리밭 위로 흐르고
아이들도 보리밭처럼 자란다

광주리에 이고 간 점심밥은
꿀맛이 되었다
보리밭에 쉬러 온 바람 벗 삼아
보리 움을 흔들어주면
지나온 긴 세월 되돌아보게 하고
보리밭 이랑에 그려지는
아주 오래된 기억
어머니와 어린 자식들 사랑이 있었다